MAY YOU ENJOY THIS BOOK

The Public Library is free to all cardholders.
You can increase its usefulness to all by returning
books promptly, on or before the "Date Due".

If you derive pleasure and profit from the use of
your public library, please tell others about its
many services.

THE NASHUA PUBLIC LIBRARY
2 COURT STREET
NASHUA, NH 03060

The Matt the Rat Series / La Serie de Ratón Mateo

Matt the Rat and His Sister Maggie:
When I Grow Up

Ratón Mateo y Su Hermana Maggie:
Cuando Yo Crezca

by/por Lorenzo Liberto

illustrated by/ilustrado por Irving Torres

editor/editora Rocío Gómez

Harvest Sun PRESS
LAS CRUCES • NEW MEXICO

ISBN: 0-9743668-1-1

Manufactured in the United States of America

Library of Congress Cataloging-in-Publication Data

Liberto, Lorenzo.
   Matt the Rat and his sister Maggie : when I grow up / by
Lorenzo Liberto ; illustrated by Irving Torres ; editor, Rocío
Gómez = Ratón Mateo y su hermana Maggie : cuando yo crezca
/ por Lorenzo Liberto ; ilustrado por Irving Torres ; editora,
Rocío Gómez.
     p. cm. -- (The Matt the Rat series = La serie de Ratón
Mateo)
   Summary: Matt and his sister Maggie find their grandfather's
old wooden trunk, which magically allows them to be anything
they can imagine: a marine biologist, a soccer player, a news
reporter, and more.
   ISBN 0-9743668-1-1 (lib. bdg. : alk. paper)
   [1. Magic--Fiction. 2. Occupations--Fiction. 3. Rats--Fiction.
4. Spanish language materials--Bilingual.]   I. Torres, Irving, ill.
II. Gómez, Rocío. III. Title. IV. Title: Ratón Mateo y su
hermana Maggie. V. Series: Liberto, Lorenzo. Matt the Rat
series.
PZ73.L4896 2004
[E]--dc22
                                        2003018239

INTRODUCTION

Who has the best job in the whole world? With so many types of jobs, it's hard to know. Everyone's job is important, but the best job in the world is the job that makes you happy. Speaking of jobs, do you already know what you want to be when you grow up? Matt the Rat and his sister Maggie still don't know what they want to be, but in the following pages they have the opportunity to try many different jobs. They will get some useful ideas, and you will, too!

*As you read along, see if you can find the hidden names of jobs and match them to the right person.

INTRODUCCIÓN

¿Quién tiene la mejor carrera en todo el mundo? Con tantos tipos de trabajos, es difícil saber. La profesión de cada persona es importante, pero el mejor trabajo del mundo es el que hace que la persona se sienta feliz. Hablando de carreras, ¿ya sabes qué quieres ser cuando crezcas? Ratón Mateo y su hermana Maggie todavía no saben qué quieren ser. En las siguientes páginas, Mateo y Maggie tendrán la oportunidad de conocer varias profesiones y buscar sus trabajos ideales. ¡Tal vez tú encontrarás tu trabajo ideal también!

*Cuando vayan leyendo, busquen los nombres de los trabajos y las personas a quien les corresponden.

ACKNOWLEDGEMENTS
We wish to show our appreciation to
Francisco and Adelina Almanza for their help.
Also, a special thanks goes to Dr. Elsy Fierro Suttmiller,
Dorismel Díaz-Pérez, Ana Delgado,
Tizziana Valdivieso-Carmona, and Juan Carlos Medina.

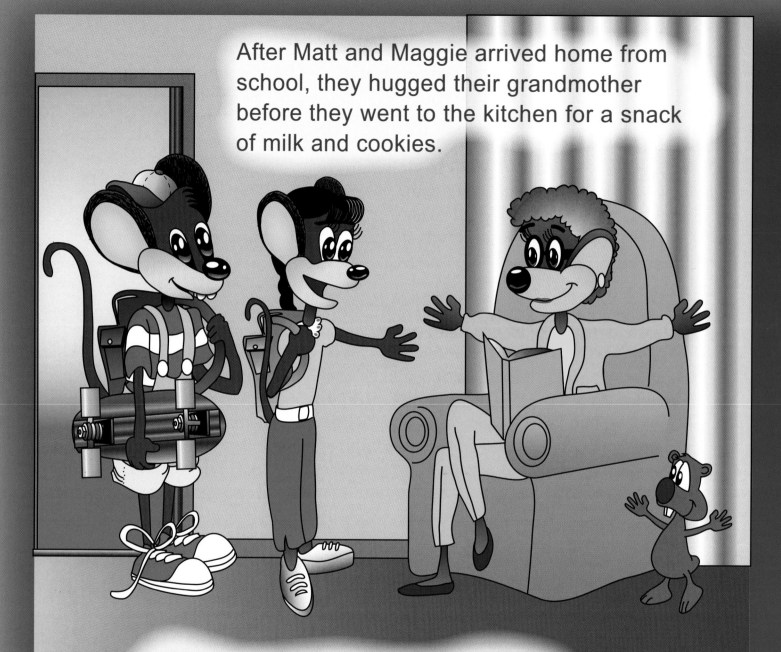

After Matt and Maggie arrived home from school, they hugged their grandmother before they went to the kitchen for a snack of milk and cookies.

Al llegar de la escuela, Mateo y Maggie abrazaron a su abuelita antes de ir a la cocina para un bocadillo de galletas y leche.

"Grandma, tomorrow is show-and-tell and I don't know what to take," said Maggie.

"There are lots of interesting things in the basement," replied Grandma.

"Great," said Matt. "Let's go look!"

"Abuelita, no sé qué llevar mañana a la escuela. Tengo que presentar algo especial para la clase," dijo Maggie.

"Hay muchas cosas interesantes en el sótano," respondió Abuelita.

"Buena idea," dijo Mateo. "¡Vamos a ver!"

5

THE FLYING RAT

CIRCUS SHOW

wigs

noses

Matt and Maggie both wondered what was inside this beautiful, colorful chest. As they lowered the chest to the floor, something magical happened. One of the legs popped open, and out fell an old rolled-up piece of paper that read:

Mateo y Maggie se preguntaron que podría estar dentro del hermoso baúl de muchos colores. Cuando bajaron el baúl al piso, algo mágico ocurrió. Una de las patas del baúl se abrió y cayó un viejo rollo de papel que decía:

THE FLYING RAT

CIRCUS SHOW

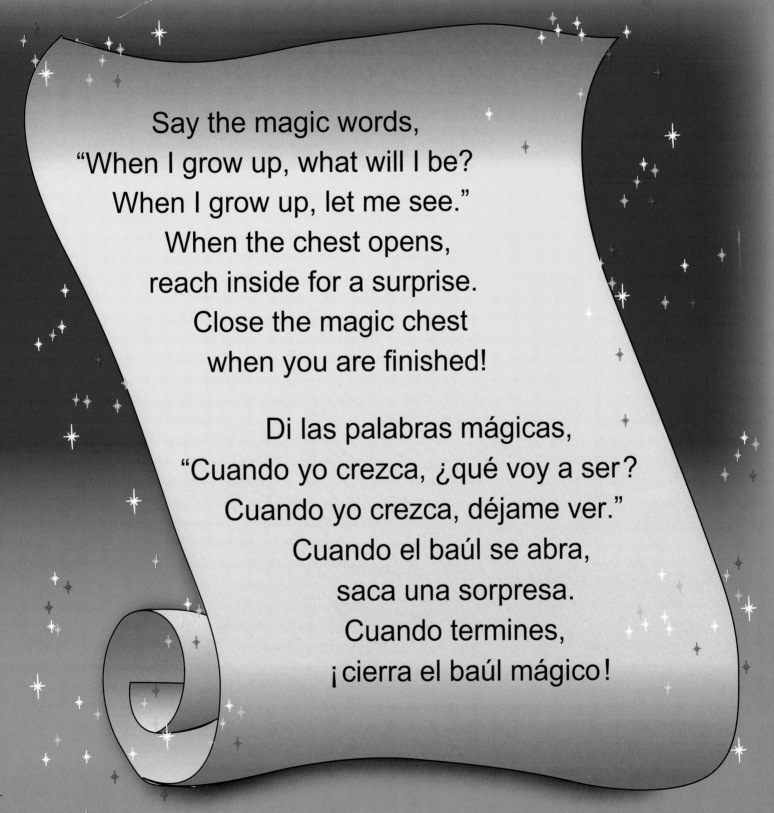

Say the magic words,
"When I grow up, what will I be?
When I grow up, let me see."
When the chest opens,
reach inside for a surprise.
Close the magic chest
when you are finished!

Di las palabras mágicas,
"Cuando yo crezca, ¿qué voy a ser?
Cuando yo crezca, déjame ver."
Cuando el baúl se abra,
saca una sorpresa.
Cuando termines,
¡cierra el baúl mágico!

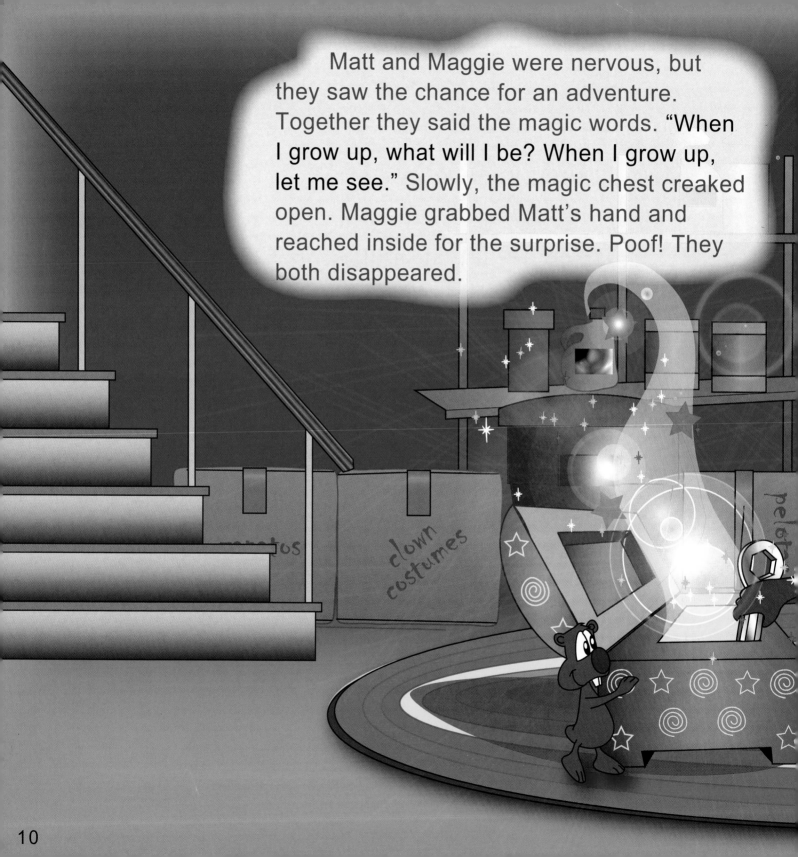

Matt and Maggie were nervous, but they saw the chance for an adventure. Together they said the magic words. "When I grow up, what will I be? When I grow up, let me see." Slowly, the magic chest creaked open. Maggie grabbed Matt's hand and reached inside for the surprise. Poof! They both disappeared.

Mateo y Maggie estaban nerviosos, pero se dieron cuenta de la oportunidad para vivir una aventura. Juntos dijeron las palabras mágicas. "Cuando yo crezca, ¿qué voy a ser? Cuando yo crezca, déjame ver." Poco a poco, el baúl se abrió. Maggie tomó la mano de Mateo y sacó una sorpresa del baúl. ¡Puf! Los dos desaparecieron.

mecánico

Mateo Trucking

truck driver

camionero

mechanic

12

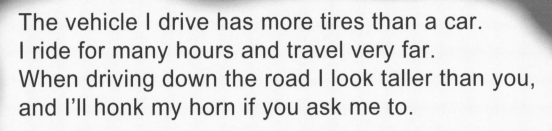

The vehicle I drive has more tires than a car.
I ride for many hours and travel very far.
When driving down the road I look taller than you,
and I'll honk my horn if you ask me to.

El vehículo que guío tiene más de cuatro llantas.
Manejo por muchas horas, viajando largas distancias.
Cuando en el camino voy, más alto que tú yo soy.
Si lo pides, un saludo con mi bocina te doy.

Cars and trucks are for us to get around.
We can't travel far when they're broken down.
With the tools in my shop, I'll fix your car 1-2-3!
All you need to do is leave your keys with me.

Los camiones y los autos son para movilizarnos,
no podemos ir muy lejos si éstos están descompuestos.
En un 2 por 3, yo arreglo tu auto en mi taller;
deja las llaves conmigo, sólo eso tienes que hacer.

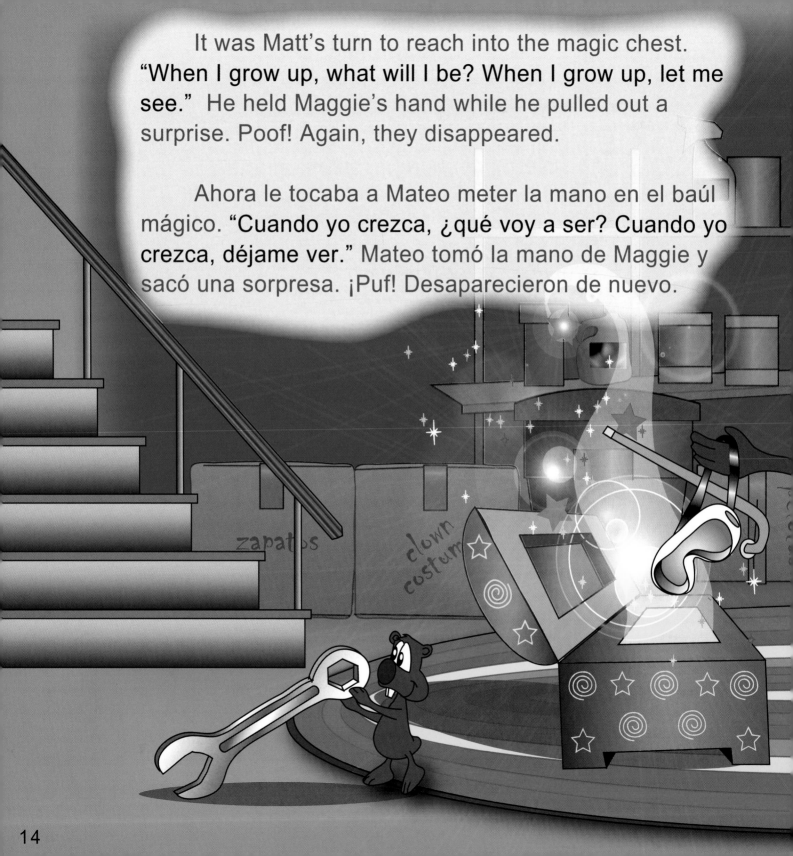

It was Matt's turn to reach into the magic chest. "When I grow up, what will I be? When I grow up, let me see." He held Maggie's hand while he pulled out a surprise. Poof! Again, they disappeared.

Ahora le tocaba a Mateo meter la mano en el baúl mágico. "Cuando yo crezca, ¿qué voy a ser? Cuando yo crezca, déjame ver." Mateo tomó la mano de Maggie y sacó una sorpresa. ¡Puf! Desaparecieron de nuevo.

THE FLYING RAT

CIRCUS SHOW

An exciting world fills the ocean waters:
coral, dolphins, and even sea otters.
I study mammals, shells, and all kinds of fish.
So can you, if that's your wish!

El océano es un mundo de cosas increíbles:
nutrias, corales, y muchos delfines.
Estudio peces, conchas, y mamíferos del mar.
Si es tu deseo, tú lo puedes lograr.

marine biologist

biólogo marino

With math, reading, science, and more,
I help you grow smarter than before.
I write on a board with a piece of white chalk,
and you must raise your hand before you talk.

Con ciencia, matemáticas, lectura y mucho más,
serás muy inteligente con mi ayuda si estudias.
En la pizarra yo escribo con mi tiza para enseñar,
y te pido que levantes la mano antes de hablar.

maestra

teacher

Matt and Maggie took turns reaching into the magic chest. "When I grow up, what will I be? When I grow up, let me see."

Mateo y Maggie se turnaron en sacar sorpresas del baúl mágico. "Cuando yo crezca, ¿qué voy a ser? Cuando yo crezca, déjame ver."

entomologist

entomóloga

Creepy, crawling creatures are what I love most.
Other people scream like they've just seen a ghost.
Spiders, butterflies, and bugs with wings:
I watch them do amazing things.

Insectos extraños son los que más me gustan.
Al mirarlos, personas gritan y se asustan.
Bichos con alas, arañas y mariposas:
los veo hacer cosas maravillosas.

Through my telescope I see the moon so bright,
and millions of stars twinkling in the night.
The planets look closer than they really are.
Oh, look at that! It's a shooting star!

Por mi telescopio veo la luna brillar,
y por la noche, millones de estrellas parpadear.
Parecen muy cerca los lejanos planetas.
¡Oh, mira eso! ¡Es una estrella fugaz!

astronomer

astrónomo

When Matt and Maggie's mom came home from work, she heard them laughing. She called from the top of the stairs, "What are you two kids doing down there?"

"We found something fun from Grandpa's circus days," Maggie answered.

"Ok, but just remember dinner will be ready soon."

Cuando la mamá de Mateo y Maggie regresó del trabajo, oyó que sus hijos se reían. Les habló desde arriba de las escaleras. "¿Qué hacen abajo ustedes dos?"

"Encontramos algo divertido de los días de circo de Abuelito," respondió Maggie.

"Está bien, pero no olviden que pronto estará lista la cena."

THE FLYING RAT

CIRCUS SHOW

Keyboards, printers, wires, and a mouse:
I repair computers at your office and house.
If something breaks that's too hard to fix,
leave it for me. I know all the tricks!

reparadora de computadoras

computer technician

Alambres y teclados, ratones e impresoras:
todo yo les arreglo a las computadoras.
Si algo se descompone y difícil se ve,
tú déjamelo a mí. ¡Sé trucos y yo lo arreglaré!

My lab is full of chemicals that boil and bubble.
Mixing the wrong ones could cause very big trouble.
The experiments that I do are exciting and new.
I write it all down so you can learn, too.

chemist

químico

En mi laboratorio hay químicas que hierven,
y hay que ser cuidadosos para mezclarlas bien.
Mis experimentos son interesantes y nuevos.
Apunto todo bien para que tú aprendas de ellos.

23

Many things happen in the world each day,
and everyone tells the NEWS in a different way.
I always report the story "Live,"
so switch your TV to Channel Five.

En el mundo todos los días ocurren muchas cosas,
y las noticias son contadas en maneras numerosas.
Siempre te digo el reportaje "En Vivo,"
entonces, prende tu televisión en el Canal Cinco.

newscaster

reportera

With a pick and shovel I dig in the ground
for dinosaur bones that have not been found.
At the museum, together at last,
all the old bones give a clue to the past.

Usando pico y pala, me paso el día excavando
por huesos que no han sido encontrados.
En el museo, los huesos son preservados,
y así formamos una pista del pasado.

paleontólogo

paleontologist

Matt and Maggie were having fun, but now dinner was ready. At the table, Maggie asked, "Mom, is it true you always wanted to be an astronaut when you were little?" Their mother said it was true, and she began to share her dreams of flying in space.

Matt whispered to Maggie, "I wonder what would happen if Mom used the magic chest?"

After dinner they went back to the basement.

Mateo y Maggie se estaban divirtiendo, pero ya era hora de ir a cenar. En la mesa, Maggie preguntó, "Mamá, ¿es cierto que cuando eras niña, querías ser astronauta?" Su mamá dijo que sí era verdad, y comenzó a compartir con ellos sus sueños de volar por el espacio.

En voz baja, Mateo le dijo a Maggie, "¿Qué pasaría si mamá usara el baúl mágico?"

Cuando terminaron la cena, regresaron al sótano.

I pat, roll, and mix up dough.
Add something sweet. Turn the oven on low.
Cookies, cakes, or cherry pie:
I bake tasty treats that you can buy.

Mezclo, amaso, y preparo la masa.
Prendo el horno y mido azúcar en taza.
Torta de cereza, pasteles o galletas:
horneo postres ricos que compras.

With a blue uniform clean and new,
I spend my day protecting you.
I drive in a car with a flashing red light
to make sure that the streets are safe at night.

Mi uniforme nuevo es azul y muy limpio.
Lo uso cuando te ayudo y te cuido.
El auto que manejo tiene luces
para cuidar las calles todas las noches.

policeman

policía

28

I play a sport where the World Cup is won.
I like to win but I play for fun.
With a black and white ball, each team tries to score.
Add up the goals to see who has more!

La Copa Mundial es el mayor premio de mi deporte.
Me gusta ganar pero la diversión es más importante.
Con una pelota blanca y negra, todos quieren marcar.
Si puedes, mete un gol y luego te vamos a felicitar.

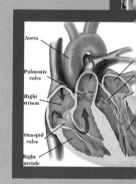

futbolista

soccer player

doctor

médico

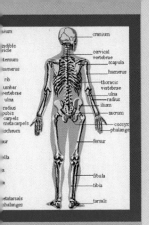

I examine people both young and old.
Some have fevers, others have colds.
A broken bone can cause great pain,
but I'll check to see if it's only a sprain.

Examino enfermos, jóvenes y viejos.
Unos llegan con resfriados, otros por consejos.
Si tienes mucho dolor, puede ser una fractura,
pero esperamos que sólo sea una torcedura.

I care for animals, big or small.
When pets get sick, people give me a call.
I help many animals that are too sick to play.
If they feel better soon, they go home the same day.

veterinarian

Atiendo animales, grandes y pequeños.
Los cuido y hablo con sus dueños.
Si están muy enfermos no pueden jugar;
pronto yo los curo y los mando a su hogar.

veterinario

Riding in my red truck with dogs and ladders,
I help other people when it really matters.
We rush through traffic with our sirens full blast,
so we can get to the fire and put it out fast.

fireman
bombero

En mi camión rojo con perros y escaleras,
voy a ayudar gente con nuestras mangueras.
Con la sirena sonando, entre tráfico pasamos,
y llegamos al incendio y rápido lo apagamos.

33

Matt and Maggie's mom walked down to the basement and found them asleep on the floor. The magic chest was left open! "When I grow up, what will I be? When I grow up, let me see," she read from the scroll. Curious, she reached inside. Poof! She disappeared.

La mamá de Mateo y Maggie bajó al sótano y los encontró dormidos en el piso. ¡El baúl mágico estaba abierto! "Cuando yo crezca, ¿qué voy a ser? Cuando yo crezca, déjame ver," leyó en las instrucciones. Curiosa, metió la mano al baúl. ¡Puf! Desapareció.

She could not believe what she was about to do.
Her biggest dream was coming true.
She saw Matt and Maggie waving goodbye.
With her space suit on, she was ready to fly.

Ella no podía creer lo que estaba pasando.
Por fin, su sueño se estaba realizando.
Vio a Mateo y Maggie despedirse de ella,
y como astronauta voló a las estrellas.

astronauta

astronaut

37

"Being an astronaut and traveling through space was once my dream," thought Matt and Maggie's mom. "My life today is quite different from that dream, but I would not switch places with anyone. Working as a doctor and watching my children grow up makes me very happy and proud! When they grow up, what will they be? When they grow up, I'll just wait and see!"

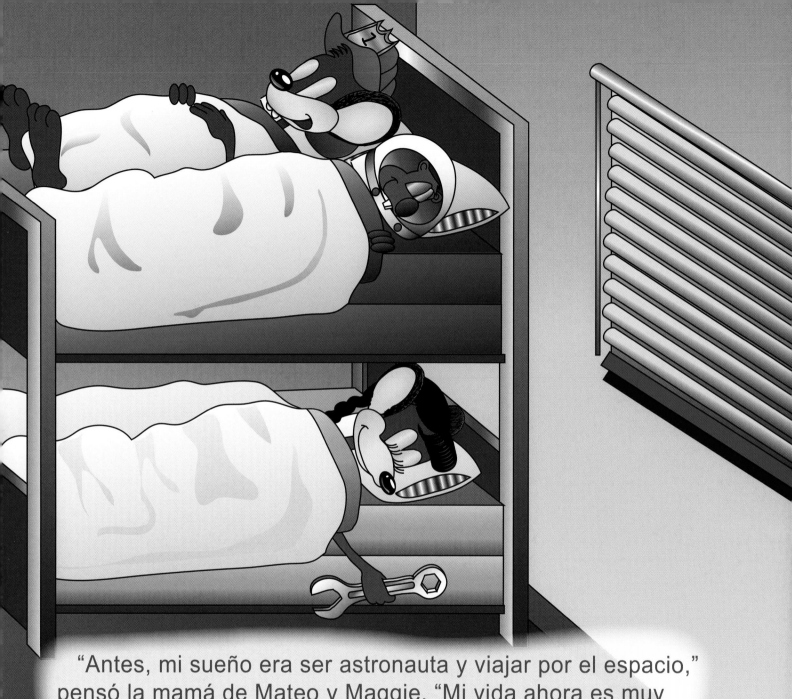

"Antes, mi sueño era ser astronauta y viajar por el espacio," pensó la mamá de Mateo y Maggie. "Mi vida ahora es muy diferente de ese sueño pero, no cambiaría mi vida hoy con nadie. Lo que me hace más feliz es mi trabajo como madre y médica. Cuando ellos crezcan, ¿qué van a ser? Cuando ellos crezcan, ¡esperaré y veré!"

THE END...........FIN

Glossary* / Glosario*

Páginas / Pages 4 & 5

to hug: abrazar
kitchen: cocina
snack: bocadillo
cookies: galletas
milk: leche
tomorrow: mañana
things: cosas

Páginas / Pages 6 & 7

to find: encontrar
basement: sótano
grandpa: abuelo
shoes: zapatos
clown: payaso
circus: circo
costumes: trajes o disfraces

Páginas / Pages 8 & 9

to fall: caer
chest: baúl
inside: adentro
floor: piso
paper: papel
surprise: sorpresa

Páginas / Pages 10 & 11

to say: decir
to disappear: desaparecer
adventure: aventura
together: juntos
words: palabras

Páginas / Pages 12 & 13

to drive: manejar
car: auto o carro
to travel: viajar
tools: herramientas
keys: llaves
tires: llantas
road: camino

Páginas / Pages 14 & 15

hand: mano
magic: mágico/a

Páginas / Pages 16 & 17

to talk: hablar
to study: estudiar
ocean: océano
mammals: mamíferos
shells: conchas
fish: pez
write: escribir
science: ciencia
smart: inteligente
chalk: tiza

Páginas / Pages 18 & 19

to scream: gritar
butterflies: mariposas
wings: alas
spiders: arañas
bugs: bichos
moon: luna
stars: estrellas
planets: planetas
night: noche

Páginas / Pages 20 & 21

to work: trabajar
to laugh: reír
stairs: escaleras
soon: pronto

Páginas / Pages 22 & 23

to mix: mezclar
to boil: hervir
to repair: reparar
to fix: arreglar
lab: laboratorio
new: nuevo
tricks: trucos

Páginas / Pages 24 & 25

world: mundo
news: noticias
story: relato o reportaje
shovel: pala
bones: huesos
museum: museo
clue: pista

Páginas / Pages 26 & 27

to have dinner: cenar
table: mesa
astronaut: astronauta
dreams: sueños

Páginas / Pages 28 & 29

to bake: hornear
dough: masa
oven: horno
cake: pastel
cookies: galletas
uniform: uniforme
street: calle
light: luz

Páginas / Pages 30 & 31

to win: ganar
sport: deporte
ball: pelota
sick: enfermo
pain: dolor
old: viejo/a
young: joven

Páginas / Pages 32 & 33

dog: perro
ladder: escalera
to help: ayudar
traffic: tráfico
fire: incendio
fast: rápido
animals: animales
home: hogar o casa

Páginas / Pages 34 & 35

to read: leer
open: abierto/a
asleep: dormidos

Páginas / Pages 36 & 37

to believe: creer
to fly: volar
space suit: traje espacial
to say goodbye: despedirse

Páginas / Pages 38 & 39

to travel: viajar
space: espacio
different: diferente
doctor: médico/a
happy: feliz
proud: orgulloso/a

* Find and match the words and phrases in the glossary with what is in the story and illustrations.

* Busca las palabras y frases en el glosario que corresponden al cuento y las ilustraciones.